बतखें क्यों सोती हैं एक टांग पर

क्या आपने कभी इस बात पर ध्यान दिया है कि बतखें सोते समय अपना एक पैर ऊपर क्यों उठाकर छिपा लेती हैं। अगर आप नहीं जानते हों, तो लीजिए प्रस्तुत है वियतनाम शहर के निवासियों में प्रचलित एक ऐसी लोककथा जो आपको इस सत्य से वाकिफ कराएगी।

सांथिनी गोविन्दन

चित्र

प्रसोनजीत

पैंडा सीरीज़
यूनीकार्न बुक्स की प्रस्तुति

कहानी उस समय की है जब स्वर्ग और धरती पर राजा जेड का शासन था। उन्हीं दिनों वियतनाम के एक गांव में तीन बतखों ने जन्म लिया। तीनों बतखें बहुत सुंदर थीं। बर्फ जैसा सफेद रंग, चम्मच के आकार वाली संतरे के रंग जैसी चोंचें, मखमल जैसे पंख और आकर्षक आंखें। बस कमी थी तो एक ही, उन तीनों के सिर्फ एक-एक ही टांग थी।

बतखें बड़ी हुईं तो उन्होंने महसूस किया कि सिर्फ एक टांग के सहारे जीवन गुजारना बहुत कठिन है। एक टांग होने के कारण बेचारी बतखें न तो अच्छी तरह से अपना भोजन जुटा पाती थीं और न ठीक प्रकार से तैर ही पाती थीं। उलटे उन्हें इस बात का भय लगा रहता था कि कहीं किसी दिन वे किसी भेड़िए, लोमड़ी या किसी सांप का शिकार न बन जाएं। गांव में रहने वाले दूसरे पशु भी प्रायः उनकी खिल्ली उड़ाते रहते थे, इस कारण वे बहुत दुखी रहती थीं।

एक दिन तीनों बतखों ने मिल कर विचार किया कि उन्हें अपनी मुसीबतों की शिकायत राजा जेड से करनी चाहिए और उन्हें बताना चाहिए कि आपने हम तीनों के साथ ऐसी नाइंसाफी क्यों की? राजा से यह भी प्रार्थना करनी चाहिए कि वह उन्हें दूसरी टांग प्रदान करे जिससे कि वे सुगमता से अपना जीवन व्यतीत कर सकें।

ऐसा विचार कर उन्होंने किसी तरह जोड़-तोड़ कर एक कागज, एक ब्रुश और लिखने के लिए स्याही का इंतजाम किया तथा उनमें से एक ने अपनी तकलीफों को कागज पर उतारना शुरू किया। बड़ी कठिनाई से जैसे-तैसे करके टेढ़े-मेढ़े शब्दों में कागज पर अपनी मन की तकलीफ लिखी। एक टांग होने से बेचारी को ठीक से खड़ा भी नहीं हुआ जा रहा था और वह गिर-गिर पड़ती थी।

खैर, जैसे-तैसे मन की बात पूरी हुई। अब प्रश्न उठ खड़ा हुआ कि किस प्रकार से उसे राजा तक पहुंचाया जाए। वे स्वयं तो वहां तक जा नहीं सकती थीं, क्योंकि उन्होंने सुन रखा था कि राजा का राजमहल वहां से बहुत दूर है, रास्ते में न जाने कितनी नदियां, पहाड़ और गहरे समुद्र हैं, जिन्हें लांघना बेहद कठिन है।

तीनों ने बहुत सोचा-विचारा, और अंत में यही निर्णय हुआ कि राजा के पास ये चिट्ठी सिर्फ मुर्गा ही पहुंचा सकता है, जो बेहद चतुर है। तीनों मुर्गे के पास पहुंचीं और उससे अपनी चिट्ठी राजा जेड तक पहुंचाने का अनुरोध किया।

मुर्गे ने ध्यान से उनकी बात सुनी और बोला, 'राजा जेड तक तो मैं भी जाने में असमर्थ हूं, लेकिन मैं एक ऐसे आदमी को जानता हूं जिसका आना-जाना राजा के दरबार में प्रायः होता रहता है।'

'कौन है वह?' तीनों बतखों ने समवेत स्वर में पूछा।

'वह एक आध्यात्मिक विचारों वाला व्यक्ति है और उसे आत्माओं को वश में करना भी आता है। यूं समझो कि एक तरह का तांत्रिक पुजारी है। नगर से कुछ दूर एक मंदिर के समीप उसका आवास है। तुम सब वहां जाओ और अपनी चिट्ठी उसे दे देना। यदि उसे तुम सब पर तरस आ गया तो समझ लो बन गया तुम्हारा काम' मुर्गे ने बताया।

तीनों उस तांत्रिक पुजारी के पास पहुंचीं; और डरते-डरते उसके मकान में दाखिल हुईं। तांत्रिक के कमरों से इत्र और लोबान आदि जलने की गंध आ रही थी। शायद वह अपना कोई अनुष्ठान पूरा कर रहा था। अचानक तांत्रिक के कमरे से आती एक कड़कदार आवाज सुनकर तीनों ठिठककर खड़ी हो गईं। तांत्रिक किसी से क्रोधित स्वर में कह रहा था—'तुम्हारी हिम्मत कैसे हुई मेरे पूजा घर में छह टांगों वाला आतिशदान रखने की। जब मैंने तुम्हें पहले ही कह दिया था कि पूजा घर में तीन टांग वाला आतिशदान होना चाहिए तो तुमने छह टांगों वाला आतिशदान क्यों रखा?

हटाओ इसे यहां से और इसकी तीन टांगें तोड़ कर इसे कूड़ेदान में फेंक दो।'

'तीन टांग!' तीनों बतखों ने एक-दूसरे की ओर प्रश्नवाचक दृष्टि से देखा। फिर एक बतख ने फुसफुसाती आवाज में कहा, 'कहीं ये तीन टांग वही तो नहीं हैं, जिन्हें हमारा निर्माण करते समय राजा जेड भूल गया है?' 'क्या पता! ये तो पुजारी से मिलने के बाद ही पता चलेगा।' दूसरी बतख ने उत्तर दिया।

तीनों देर तक ठिठकी खड़ी रहीं। कुछ देर के बाद पुजारी बाहर निकला। बतखों को देखा तो उसके माथे पर बल पड़ गए, पूछा, 'कौन हो तुम सब, और यहां क्यों आईं?'

तीनों बतखों ने अपने एक टांग न होने की बात बताई, तो पुजारी कुछ नरम पड़ा। एक बतख ने उसे अपनी लिखी हुई मन की बात वाला कागज पकड़ा दिया। पुजारी ने गौर से पत्र पढ़ा, फिर बोला, 'तो तुम राजा जेड के पास अपनी शिकायत पहुंचाना चाहती हो कि तुम्हें दूसरी टांग मिल जाए।'

'हां' तीनों समवेत स्वर में बोलीं।

'सुनो बतखों! मैं तुम्हारा यह पत्र राजा जेड तक नहीं पहुंचा सकता। राजा को यदि ये मालूम हो गया कि उससे अनजाने में तुम्हारी एक-एक टांग कम लगाने की भूल हो गई है, और तुमने उससे इस बात की शिकायत की है, तो वह मुझ पर बहुत गुस्सा करेगा कि मैं तुम्हारा ये पत्र क्यों लाया!'

यह सुनकर बतखों के चेहरे मुरझा गए, फिर बड़े मायूस स्वर में एक बतख बोली, 'तो क्या हमारी सारी जिंदगी एक टांग के सहारे ही कटेगी?'

'नहीं!' पुजारी ने मुस्कराकर कहा, 'मैं तुम्हारी दूसरी टांग की व्यवस्था यहीं किए देता हूं। मेरे पास तीन अतिरिक्त टांगें हैं। मैं उन्हें तुम्हारे शरीर में लगाए देता हूं, लेकिन इसके लिए एक शर्त है।'

'कैसी शर्त?' धड़कते दिल से तीनों बतखों ने पूछा।

'दोनों टांगें लग जाने पर तुम दिन भर भली भांति चल-फिर सकोगी, अपना आहार चुन सकोगी, लेकिन रात के समय तुम्हें उस टांग को विश्राम देना पड़ेगा। मतलब ये कि रात के समय तुम अपनी पहले वाली टांग से ही काम लोगी। बोलो मंजूर है?'

'मंजूर है!' तीनों बतखें एक साथ बोल पड़ीं। तब पुजारी ने कोई मंत्र पढ़ा। मंत्र जैसे ही समाप्त हुआ, बतखों की दो-दो टांगें हो गईं। तीनों बतखें खुशी-खुशी अपने सरोवर में लौट गईं। जाते समय वे पुजारी को धन्यवाद देना न भूलीं।

कहा जाता है कि तभी से बतखें दिन भर तो दोनों टांगों से काम करती हैं, लेकिन रात के समय अपनी एक टांग पर ही सोती हैं, और यह प्रक्रिया बहुत समय से चली आ रही है।